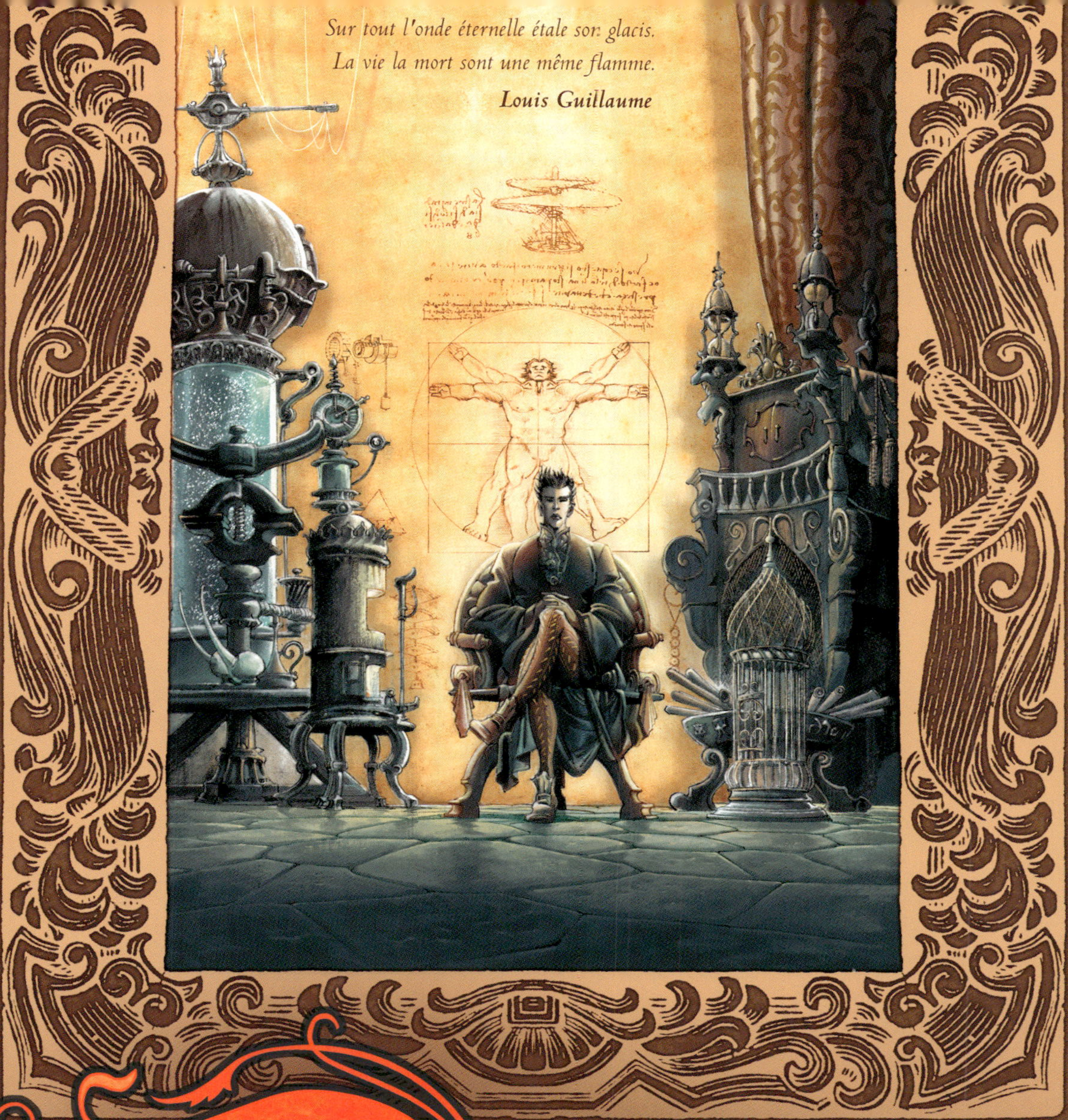

DEUS

Tome 1
L'Homme Nouveau

Idée et scénario Christophe BEC

Scénario et textes Stéphane BETBEDER

Dessin et couleurs Paolo MOTTURA

soleil

Soleil Productions
15, Boulevard de Strasbourg
83000 Toulon - France

Bureaux parisiens
25, Rue Titon - 75011 Paris - France

Conception graphique : Studio Soleil
Lettrage : Violaine Le Mer

Dépôt légal : Avril 2008 - ISBN : 978 - 2 - 30200 - 155 - 8
Première édition

Impression : Hemisud - 83 - France

BRAOOOMMM

POURQUOI CONTINUER À S'ACHARNER ?
JE N'AI RIEN... RIEN TROUVÉ... TOUTE CETTE SCIENCE, TOUT CE SAVOIR DONT JE SUIS LE SEUL DÉTENTEUR, SE SONT RÉVÉLÉS IMPUISSANTS À TE RAMENER !
TEL ORPHÉE DESCENDU AUX ENFERS POUR SAUVER SON EURYDICE, J'AI VOULU T'ARRACHER À LA MORT... QUELLE VANITÉ ! JE N'AI PAS PU EMPÊCHER LA PESTE DE TE DÉVORER, COMMENT POURRAIS-JE TE RESSUSCITER ?
LA MORT EST UNE MALADIE POUR LAQUELLE IL N'EXISTE PAS ENCORE DE REMÈDE...
PAS ENCORE !...

JE CROYAIS ÊTRE L'HOMME DE LA SITUATION, CELUI QUI ORCHESTRERAIT CE MIRACLE...
J'AI FAIT LE SERMENT, SUR TON CORPS ENCORE CHAUD, DE T'ENLEVER DES TÉNÈBRES QUI T'ONT ENSEVELIE... TU AS GARDÉ LA FRAÎCHEUR, LA BEAUTÉ, MAIS À QUOI BON CONSERVER UNE COQUILLE VIDE ? LA VIE NE COULE PLUS DANS TES VEINES ET L'ESPOIR QU'IL EN SOIT AUTREMENT S'ÉMOUSSE JOUR APRÈS JOUR...
SUIS-JE EN DROIT DE TE TENIR ÉTERNELLEMENT PRISONNIÈRE DE CETTE MACHINERIE PARCE QUE MON ORGUEIL ET MON CHAGRIN REFUSENT D'ADMETTRE L'ÉVIDENCE ?
TU NE REVIENDRAS PAS D'ENTRE LES MORTS !
J'AI PERDU L'ESPOIR, JE N'AI PLUS LA FORCE DE RIEN... À PEINE AURAIS-JE LA FORCE DE MOURIR POUR VENIR TE REJOINDRE... QUE DOIS-JE FAIRE ?
MON AMOUR POUR TOI NE FAILLIRA JAMAIS ET JUSQU'À PRÉSENT IL A ÉTÉ LE CIMENT DE MA CERTITUDE. MAIS CE MUR QUE JE CROYAIS INDESTRUCTIBLE SE FISSURE ET S'EFFRITE...
REDONNE-MOI LA FORCE D'Y CROIRE !
SI TU M'ENTENDS, OÙ QUE TU SOIS, FAIS-MOI UN SIGNE...

VOUS AVEZ ENTENDU ?...
VOUS AVEZ ENTENDU CES HURLEMENTS, À BÂBORD ? ON AURAIT DIT DES CRIS DE PORCS QU'ON ÉGORGE... OU MÊME DES PLEURS DE NOUVEAUX NÉS !
AH NON, HEIN ! NE T'Y METS PAS, TOI AUSSI ! J'EN AI SOUPÉ DE CES HALLUCINATIONS APOCALYPTIQUES ! À BÂBORD, 'Y A QUE DE L'EAU. ET LA TERRE FERME, ELLE EST TROP LOIN POUR QU'ON ENTENDE QUOI QUE CE SOIT !
IL A RAISON, C'EST PAS PARCE QUE T'ES EN HAUTEUR QUE T'AS L'OREILLE COLLÉE SOUS LE SIÈGE DE DIEU !
LES SEULS HURLEMENTS QU'ON ENTEND, ILS VIENNENT D'EN BAS. ET C'EST L'ARCHEVÊQUE QUI LES POUSSE. ALORS SI C'EST POUR ENTENDRE TA VOIX DE FAUSSET LUI FAIRE ÉCHO, JE PRÉFÈRE ENCORE DESCENDRE AVEC LES AUTRES ET ÉCOUTER LA VERSION ORIGINALE !

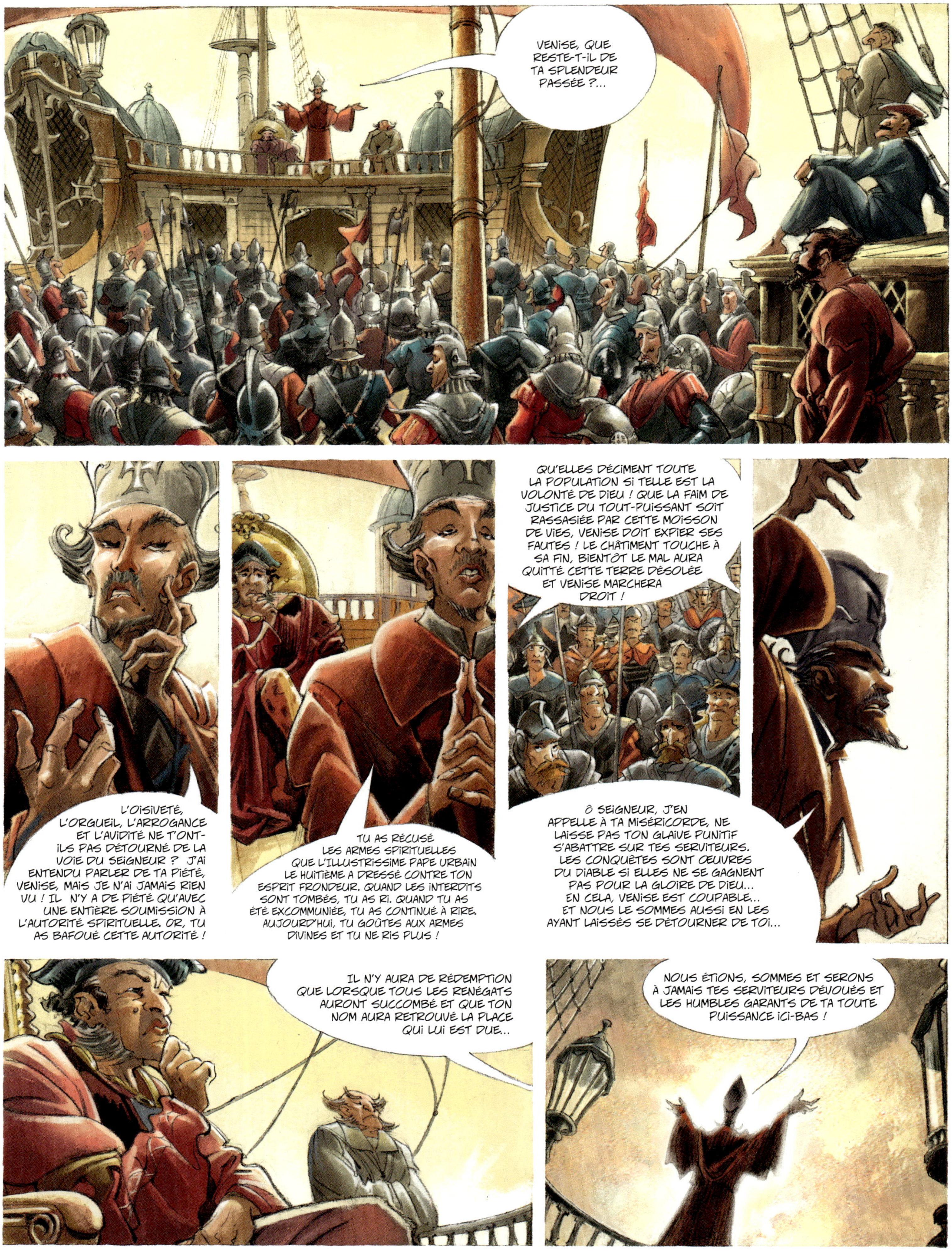
VENISE, QUE RESTE-T-IL DE TA SPLENDEUR PASSÉE ?...
L'OISIVETÉ, L'ORGUEIL, L'ARROGANCE ET L'AVIDITÉ NE T'ONT-ILS PAS DÉTOURNÉ DE LA VOIE DU SEIGNEUR ? J'AI ENTENDU PARLER DE TA PIÉTÉ, VENISE, MAIS JE N'AI JAMAIS RIEN VU ! IL N'Y A DE PIÉTÉ QU'AVEC UNE ENTIÈRE SOUMISSION À L'AUTORITÉ SPIRITUELLE. OR, TU AS BAFOUÉ CETTE AUTORITÉ !
TU AS RÉCUSÉ LES ARMES SPIRITUELLES QUE L'ILLUSTRISSIME PAPE URBAIN LE HUITIÈME A DRESSÉ CONTRE TON ESPRIT FRONDEUR. QUAND LES INTERDITS SONT TOMBÉS, TU AS RI. QUAND TU AS ÉTÉ EXCOMMUNIÉE, TU AS CONTINUÉ À RIRE. AUJOURD'HUI, TU GOÛTES AUX ARMES DIVINES ET TU NE RIS PLUS !
QU'ELLES DÉCIMENT TOUTE LA POPULATION SI TELLE EST LA VOLONTÉ DE DIEU ! QUE LA FAIM DE JUSTICE DU TOUT-PUISSANT SOIT RASSASIÉE PAR CETTE MOISSON DE VIES, VENISE DOIT EXPIER SES FAUTES ! LE CHÂTIMENT TOUCHE À SA FIN, BIENTÔT LE MAL AURA QUITTÉ CETTE TERRE DÉSOLÉE ET VENISE MARCHERA DROIT !
Ô SEIGNEUR, J'EN APPELLE À TA MISÉRICORDE, NE LAISSE PAS TON GLAIVE PUNITIF S'ABATTRE SUR TES SERVITEURS. LES CONQUÊTES SONT ŒUVRES DU DIABLE SI ELLES NE SE GAGNENT PAS POUR LA GLOIRE DE DIEU... EN CELA, VENISE EST COUPABLE... ET NOUS LE SOMMES AUSSI EN LES AYANT LAISSÉS SE DÉTOURNER DE TOI...
IL N'Y AURA DE RÉDEMPTION QUE LORSQUE TOUS LES RENÉGATS AURONT SUCCOMBÉ ET QUE TON NOM AURA RETROUVÉ LA PLACE QUI LUI EST DUE...
NOUS ÉTIONS, SOMMES ET SERONS À JAMAIS TES SERVITEURS DÉVOUÉS ET LES HUMBLES GARANTS DE TA TOUTE PUISSANCE ICI-BAS !

CLAP CLAP
CAPITAINE !
L'ARCHEVÊQUE VOUS A EXPOSÉ AVEC UNE MAESTRIA D'INSPIRATION DIVINE LES ENJEUX SPIRITUELS ; JE VAIS, EN MA QUALITÉ DE COMMANDANT EN CHEF CHARGÉ DU SIÈGE DE VENISE, VOUS RAPPELER QUELS SONT LES ENJEUX POLITIQUES ET SANITAIRES...
DEPUIS PEU, L'ÉPIDÉMIE DE PESTE QUI A FRAPPÉ NOS TERRES A ÉTÉ TOTALEMENT ENDIGUÉE. VENISE EST DÉSORMAIS LA DERNIÈRE PLACE EN EUROPE À ÊTRE TOUCHÉE PAR LE FLÉAU...
ET ELLE DOIT LE RESTER !
POUR CONTENIR LE FOYER PESTILENTIEL DANS LES LIMITES DE LA LAGUNE, LE SIÈGE QUE NOUS TENONS DEPUIS UN AN DOIT ÊTRE INTENSIFIÉ... DES GALIONS VONT VENIR RENFORCER NOTRE FLOTTE. L'EMBARGO EST MAINTENANT TOTAL. RIEN N'ENTRE NI NE SORT DE LA LAGUNE.
VENISE DOIT MOURIR ET LORSQUE TOUTE VIE L'AURA QUITTÉE, NOUS LA PURIFIERONS PAR LE FEU ! ALORS ELLE AURA GAGNÉ SES INDULGENCES ET SA FAUTE SERA EFFACÉE... NOTRE CAUSE EST CELLE DE DIEU !
GALION SUR NOUS À BÂBORD ! DROIT SUR NOUS !

AUX CANONS ! JE VEUX CE GALION PAR LE FOND !
ON CHARGE !
NON ! STOPPEZ TOUT !
N'INTERVENEZ PAS ! LAISSEZ CE VAISSEAU À FLOT, IL N'EST PAS DE CE MONDE !
IL PART CHERCHER LES DERNIÈRES ÂMES QUI SONT À SAUVER !

MISÉRABLES PÉCHEURS, AGENOUILLEZ-VOUS ET FAITES ALLÉGEANCE DEVANT CETTE MANIFESTATION DE LA MISÉRICORDE DIVINE !
QU'ILS MEURENT, QU'ILS MEURENT, LES VÉNITIENS, QU'ILS MEURENT, CES CHIENS ENRAGÉS !
LE SOUFFLE DIVIN VA PURGER LA LAGUNE DE SA LIE, ET REFAIRE DE VENISE UN PAISIBLE VILLAGE DE PÊCHEURS !
IL DEVRAIT SE MÉFIER AVANT DE LES MAUDIRE, LES VÉNITIENS EN ONT ESSUYÉ DES ÉPIDÉMIES ET ILS EN ONT CONNU DES GUERRES, ILS S'EN SONT TOUJOURS RELEVÉS ! ILS POURRAIENT TRÈS BIEN REFAIRE DU PAPE UN PETIT CURÉ DE PAROISSE...

VENISE SE MEURT ET LE RESTE DU MONDE NOUS REGARDE AGONISER EN RIANT.
LE PRÉSENT NOUS ACCABLE, LE FUTUR NOUS MENACE.
POURQUOI DIEU NOUS A-T-IL ABANDONNÉS ?
JAMAIS JE N'AVAIS VU UNE NUIT AUSSI NOIRE... À MOINS QUE MES PENSÉES MORBIDES AIENT ALTÉRÉ MA VISION.
J'AI MARCHÉ EN AVEUGLE JUSQU'À ÉPUISEMENT, ERRANT COMME UNE ÂME EN PEINE PARMI LES GENS INFECTÉS DES POISONS DE LA PESTE, ABANDONNÉS DES LEURS DEVANT LEUR PROPRE SEUIL...
J'AI ENTENDU LES RÂLES DES MOURANTS ET JE SUIS RESTÉ SOURD À LEURS SUPPLICATIONS...
JE N'ÉCOUTAIS QUE LE BRUIT DE MES PAS BATTANT LE PAVÉ... CHERCHANT DANS CE RYTHME BINAIRE UN PEU D'APAISEMENT À MA DOULEUR.

J'AI MARCHÉ LONGTEMPS ET JE ME SUIS LAISSÉ SURPRENDRE PAR L'AUBE...
À CETTE HEURE OÙ SORTENT LES « VAUTOURS » POUR FAIRE LEUR FUNESTE BESOGNE...
VIVANTS OU MORTS, ON DOIT LES BRÛLER, ON LES CHARGE TOUS !
CETTE NUIT ENCORE LA PESTE A RÉCOLTÉ BEAUCOUP DE VIES, IL Y EN A PLUS QU'HIER ET MOINS QUE DEMAIN !
J'AI QUESTIONNÉ LA MORT ET ELLE M'A RÉPONDU...
ELLE NE VEUT PAS DE MOI, JE DOIS CONTINUER MON OEUVRE...

C'EST À TOI D'ALLER LE CHERCHER !
ET POURQUOI TU N'IRAIS PAS, TOI ?!
C'EST TOI QUI L'AS VU, C'EST TON CADAVRE !
T'ES GONFLÉ TOUT DE MÊME, C'EST PAS UNE RAISON, ÇA !
TU SAIS QUE MON BEAU-FRÈRE EST À LA SECRÈTE ? EH BIEN, JE TIENS DE LUI DES INFOS DE TOUT PREMIER ORDRE...
ÇA M'ÉTONNERAIT, TON BEAU-FRÈRE, C'EST UNE TOMBE !
SAUF QUAND IL DORT, ALORS C'EST UN VRAI MOULIN À PAROLES... VA RAMASSER TON MACCHABÉE, QUE JE TE RACONTE !
T'AS PAS INTÉRÊT À INVENTER, JE LE SAURAI SI TU INVENTES !
CE QUE JE VAIS TE RACONTER, ÇA NE S'INVENTE PAS ! J'HABITE CHEZ LUI AVEC TOUTE LA FAMILLE DEPUIS QUE MON QUARTIER EST DEVENU LE REPÈRE DES PESTIFÉRÉS...
JE SAIS TOUT ÇA... VIENS-EN AUX FAITS !
TU PERMETS, JE TE REMETS DANS LE CONTEXTE !...

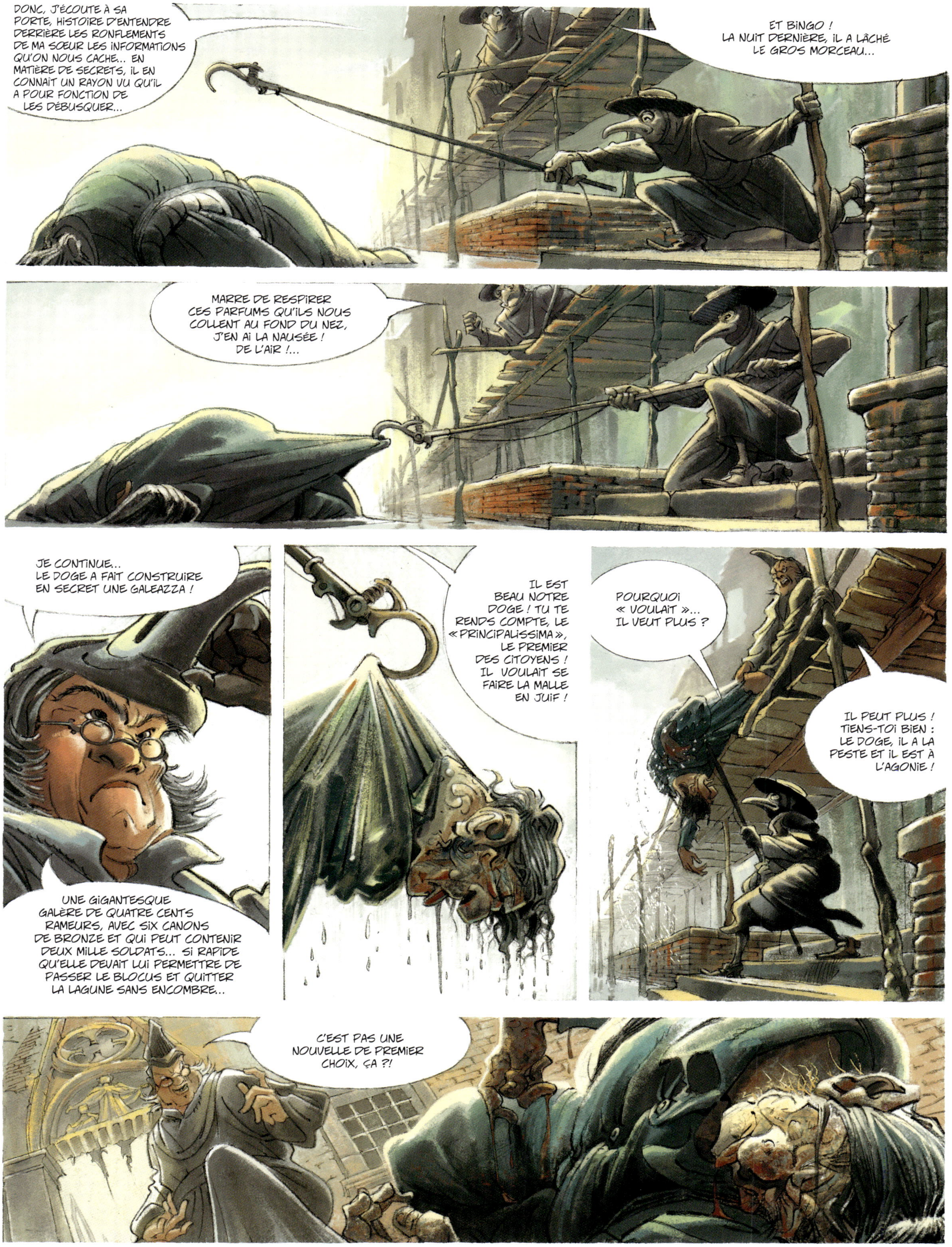
DONC, J'ÉCOUTE À SA PORTE, HISTOIRE D'ENTENDRE DERRIÈRE LES RONFLEMENTS DE MA SOEUR LES INFORMATIONS QU'ON NOUS CACHE... EN MATIÈRE DE SECRETS, IL EN CONNAÎT UN RAYON VU QU'IL A POUR FONCTION DE LES DÉBUSQUER...
ET BINGO ! LA NUIT DERNIÈRE, IL A LÂCHÉ LE GROS MORCEAU...
MARRE DE RESPIRER CES PARFUMS QU'ILS NOUS COLLENT AU FOND DU NEZ, J'EN AI LA NAUSÉE ! DE L'AIR !...
JE CONTINUE... LE DOGE A FAIT CONSTRUIRE EN SECRET UNE GALEAZZA !
UNE GIGANTESQUE GALÈRE DE QUATRE CENTS RAMEURS, AVEC SIX CANONS DE BRONZE ET QUI PEUT CONTENIR DEUX MILLE SOLDATS... SI RAPIDE QU'ELLE DEVAIT LUI PERMETTRE DE PASSER LE BLOCUS ET QUITTER LA LAGUNE SANS ENCOMBRE...
IL EST BEAU NOTRE DOGE ! TU TE RENDS COMPTE, LE « PRINCIPALISSIMA », LE PREMIER DES CITOYENS ! IL VOULAIT SE FAIRE LA MALLE EN JUIF !
POURQUOI « VOULAIT »... IL VEUT PLUS ?
IL PEUT PLUS ! TIENS-TOI BIEN : LE DOGE, IL A LA PESTE ET IL EST À L'AGONIE !
C'EST PAS UNE NOUVELLE DE PREMIER CHOIX, ÇA ?!

!
TU ES SANS VOIX, HEIN ? TU NE TROUVES PLUS TES MOTS ?
?!

BÉNIE SOIT LA PESTE ! SON APPÉTIT EST FÉROCE MAIS ELLE PEUT PARFOIS FRAPPER JUSTE, INDÉPENDAMMENT DE LA NAISSANCE, DU TITRE OU DE LA FORTUNE !
REGARDE-TOI, SERPICELLI, IL CONCELLIER GRANDE, MINISTRE DES PREMIERS CITOYENS, OFFICIER DE LA NOBLESSE, HÉRITIER D'UNE DES PLUS VIEILLES FAMILLES DE VENISE... NI TON SANG, NI TON RANG N'ONT SU TE PRÉSERVER DE LA MORT !
TU SIÉGEAIS SUR LES PLUS HAUTES MARCHES DU POUVOIR, AUX CÔTÉS DU DOGE, ET LA PESTE EST VENUE TE TROUVER. ALORS, TU AS DÉGRINGOLÉ DE TON PIÉDESTAL ET TU AS RETROUVÉ TA VRAIE CONDITION, CELLE QUE TU AVAIS OUBLIÉE, CELLE QUI FAIT DE TOI UN SIMPLE MORTEL !
TU ES RÉPUGNANT...
TON ÂME CORROMPUE A DÉTEINT SUR TON APPARENCE PHYSIQUE ET TU ES DEVENU AU-DEHORS CE QUE TU ÉTAIS AU-DEDANS.

ET ON ME DEMANDE DE TE FAIRE DIGNE, PUISSANT, ROYAL, POUR TES FUNÉRAILLES PUBLIQUES À SAINT MARC ! MA MAIN PEUT FAIRE DES MIRACLES LORSQUE JE SUIS INSPIRÉ ; IL SUFFIT POUR CELA QUE J'AIME MON MODÈLE... OR, JE N'AI QUE MÉPRIS POUR CE QUE TU AS ÉTÉ !
TU REPRÉSENTES CE QU'IL Y A DE PLUS EXÉCRABLE DANS LE POUVOIR, LA CORRUPTION, L'ANTISÉMITISME, LA TERREUR, LE NÉPOTISME... TES VICTIMES, DONT JE FAIS PARTIE, NE T'ONT PAS OUBLIÉ !
S'IL N'EN TENAIT QU'À MOI, JE LAISSERAIS S'EXPRIMER LES SEULS ARTISTES CAPABLES DE RENDRE HOMMAGE À TA DÉPOUILLE : LES VERS !
MALHEUREUSEMENT, JE SUIS OBLIGÉ DE TE RENDRE PRÉSENTABLE POUR CONSERVER MES MAIGRES PRIVILÈGES ET CONTINUER MES ACTIVITÉS !
DUR LABEUR QU'EST LE MIEN, TU ES SI LAID...
VOUS PARLEZ TOUT SEUL, MON VIEIL AMI ?
?!!
QUE VOULEZ-VOUS, C'EST LE LOURD TRIBUT DE L'ÂGE... HORMIS VOUS, MES AMIS SONT MORTS ET LES JEUNES N'ÉCOUTENT QU'EUX. SI JE VEUX ÊTRE ENTENDU, JE N'AI PAS D'AUTRE CHOIX QUE DE PARLER POUR MOI-MÊME... QUE ME VAUT L'HONNEUR DE VOTRE VISITE, CHANCELIER DES SECRETS ?
UN MESSAGER DU PALAIS DUCAL EST EN ROUTE POUR VOUS REMETTRE UN ORDRE CONFIDENTIEL RÉDIGÉ PAR LE DOGE EN PERSONNE...
... ET VOUS VOULEZ M'ENTRETENIR DE SA TENEUR AVANT QU'IL NE ME PARVIENNE ?
EN EFFET, MÊME SI LE PALAIS DUCAL A REDOUBLÉ D'EFFORT POUR QUE RIEN NE FILTRE, J'AI EU VENT DE SON CONTENU.
« RIEN DANS L'ÉTAT NE PEUT ÊTRE ASSEZ SECRET POUR VOUS ÊTRE TOTALEMENT INCONNU » N'EST-CE PAS ?
VOUS ÊTES UN PROPHÈTE, CHANCELIER DES SECRETS... NI PLUS NI MOINS, UN PROPHÈTE !

N'EXAGÉRONS RIEN, MON BON AMI IL EST VRAI QUE JE DISPOSE D'INFORMATIONS DONT LES RECOUPEMENTS ME PROJÈTENT BIEN LOIN DANS LE FUTUR... MAIS IL NE S'AGIT PAS DE DIVINATION, PUISQUE CE FUTUR EST DÉJÀ À VOTRE PORTE...
JE N'AIME PAS LE TON SOLENNEL QUE VOUS PRENEZ... J'AI ACQUIS AVEC L'ÂGE DU FLAIR EN MATIÈRE DE PROBLÈMES ET EN CE MOMENT, JE LES RENIFLE À PLEIN NEZ !
VOUS ÊTES UN PROGRESSISTE, JE NE DOUTE PAS QUE VOUS AGIREZ DANS L'INTÉRÊT DE LA RÉPUBLIQUE... ET NON DANS CELUI DE L'ÉGLISE...
JE N'AIME PAS CE QUE VOUS DITES, ENCORE MOINS CE QUE VOUS NE DITES PAS.... VOUS VOUS TROMPEZ SUR MON COMPTE, JE NE SUIS PAS HOMME À AGIR CONTRE LES INTÉRÊTS DE L'ÉGLISE... FAITES PLUTÔT APPEL À GALILÉE, LUI N'A PAS PEUR D'ENCOURIR LE BÛCHER !
LA FORTUNE VOUS A DÉSIGNÉ. ET CE QUI VIENT À VOUS NE RESSEMBLE À RIEN QUE NOUS AYONS CONNU EN DOUZE SIÈCLES DE RÉPUBLIQUE ET N'A PAS D'ÉQUIVALENT DANS L'HISTOIRE DE L'HUMANITÉ DEPUIS L'AVÈNEMENT DU CHRISTIANISME...
VOTRE DÉCOUVERTE FERA PASSER CELLE DE GALILÉE POUR UNE ANECDOTE DE L'HISTOIRE... JE SAIS QUE LES GRANDES RÉSOLUTIONS SONT SUJETTES AU DOUTE MAIS DANS LES AFFAIRES DIFFICILES, IL FAUT SAVOIR S'EN REMETTRE À LA FORTUNE ...
AGISSEZ EN VOTRE ÂME ET CONSCIENCE, J'AI CONFIANCE EN VOTRE DÉCISION.
MAINTENANT, GAGNEZ VOTRE TERRASSE, LE MESSAGER VOUS Y ATTEND...

SUR MA TERRASSE ?
DISPARU... JE NE M'HABITUERAI DÉCIDÉMENT JAMAIS À SES SORTIES.

VOUS DÉCHARGEZ SUR MOI VOS RESPONSABILITÉS... MERCI POUR LE CADEAU, SÉRÉNISSIME !
Citoyen Pellegrini
J'ai décidé de faire transferer
au Lazaret de Santa
Maria di Nazareth
l'épave d'un navire battant pavillon
Danois qui s'est échoué cette nuit sur
notre territoire. Les précautions requises ont été
respectées, personne ne l'a approché. En votre
qualité de responsable de la quarantaine et
d'éminent chirurgien de Venise, vous êtes le
plus qualifié pour y pénétrer sans
risquer la contagion, trouvez le mal
qu'il renferme et trouvez le moyen de s'en débarasser.
Nous comptons sur votre plus grande discrétion
il ne s'agirait pas d'affoler une population déjà toute
occupée à survivre au fléau qui sème la mort sur la
lagune !
Votre Sérénissime Doge,
Niccolò Contarini

C'EST BIEN MA VEINE, ME VOILÀ MAINTENANT SUR LE PONT DU «VAISSEAU FANTÔME»... J'TE JURE, DEPUIS QUE JE SUIS EN DOUBLON AVEC TOI, IL M'ARRIVE QUE DES TUILES !
BEN QUOI, J'ALLAIS TOUT DE MÊME PAS TAIRE NOTRE DÉCOUVERTE ?
OH, JE VOIS, MONSEIGNEUR-LA-VERTU... ON POUSSE SON CAMARADE DANS LA TOMBE ET ON CONTINUE À FAIRE DU ZÈLE !
MOI, J'AI CONFIANCE, ON NE RISQUE RIEN. LE MAÎTRE PELLIGRINI A PRIS MOULT PRÉCAUTIONS, IL SAIT CE QU'IL FAIT !
TU PARLES QU'IL SAIT CE QU'IL FAIT... S'IL SAVAIT, IL N'AURAIT PAS DEMANDÉ À UN INCAPABLE DE TON ESPÈCE DE MONTER LA GARDE ! QU'EST-CE QUE TU FAIS SI QUELQUE CHOSE SORT DE LA CALE ?
J'SAIS PAS, ON VERRA... J'IMPROVISERAI ...
ÇA M'FOUT LA PÉTOCHE, J'AIME PAS QUAND T'IMPROVISE...

NON, AGOSTINO, JE SUIS OCCUPÉ. MAIS JE T'ÉCOUTE, QU'AS-TU TROUVÉ ?
LA PORTE DU CAPITAINE EST BLOQUÉE. TOUT PORTE À CROIRE QU'IL S'ÉTAIT CALFEUTRÉ À L'INTÉRIEUR !
EH BIEN FORCE-LA, IL ME FAUT SON JOURNAL DE BORD. SOIS PRÉCAUTIONNEUX ...
... ET RESTE CONCENTRÉ...
CHAQUE GESTE COMPTE...
LA MOINDRE IMPRUDENCE PEUT COÛTER TRÈS CHER...
... ET AVOIR DES CONSÉQUENCES...
CRAAAACK
... APOCALYPTIQUES !

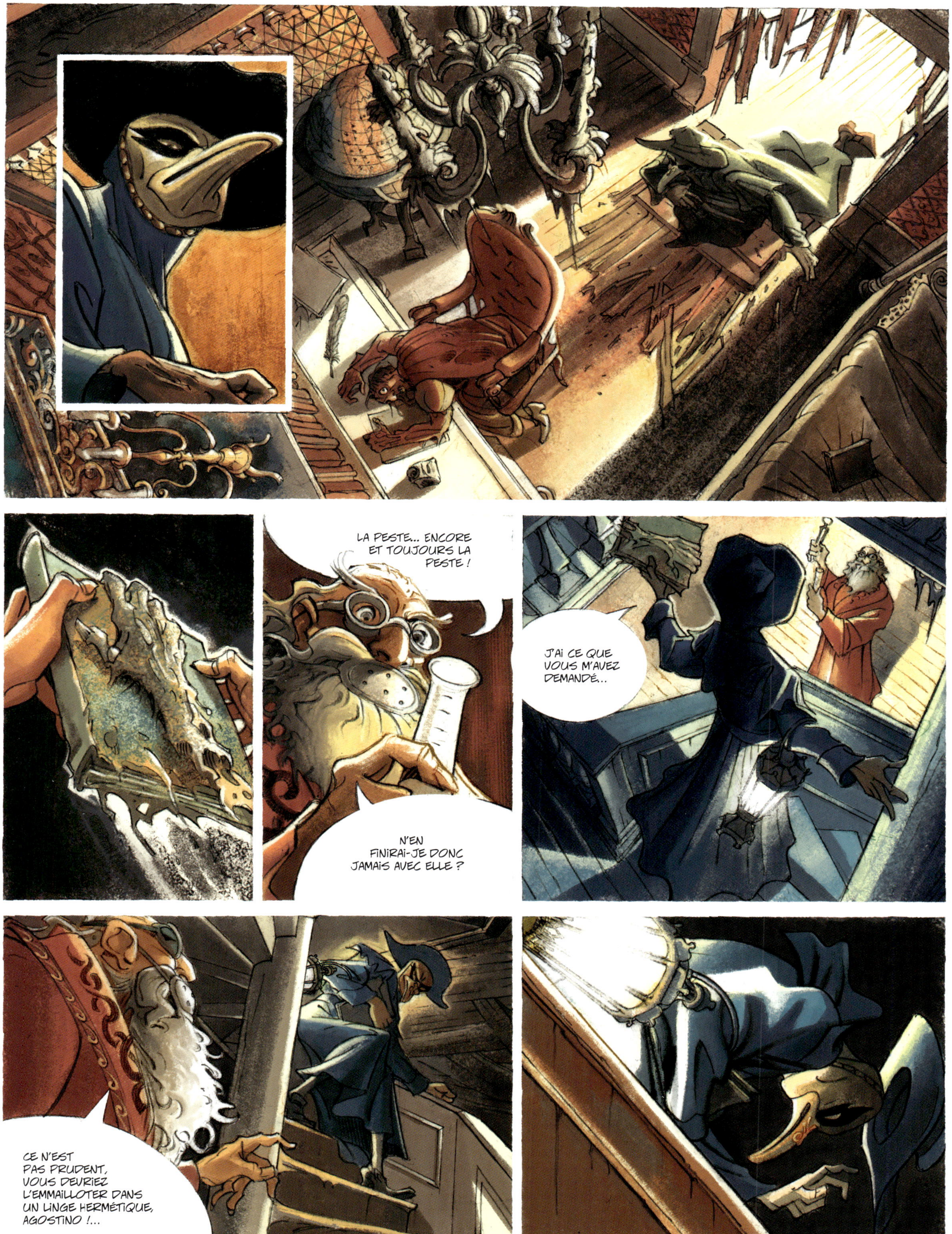

LA PESTE... ENCORE ET TOUJOURS LA PESTE !
N'EN FINIRAI-JE DONC JAMAIS AVEC ELLE ?
J'AI CE QUE VOUS M'AVEZ DEMANDÉ...
CE N'EST PAS PRUDENT, VOUS DEVRIEZ L'EMMAILLOTER DANS UN LINGE HERMÉTIQUE, AGOSTINO !...

HALLUCINANT ! UN VÉRITABLE CHEF-D'OEUVRE DE DESTRUCTION MASSIVE !
FIDÈLE AGOSTINO, POURQUOI T'ES-TU MONTRÉ SI NÉGLIGEANT ?
ELLE EST LÀ, LA GRANDE DÉCOUVERTE PROMISE PAR LE CHANCELIER DES SECRETS ?
À MOINS QUE...

ATTENDEZ QUE LE MANTEAU DE LA NUIT AIT RECOUVERT LE PORT POUR RÉCUPÉRER LE CORPS DU MALHEUREUX AGOSTINO.
FAISONS NÔTRE L'ENSEIGNEMENT DES 3 SINGES DE LA SAGESSE CHINOISE, « JE NE VOIS RIEN, JE N'ENTENDS RIEN, JE NE DIS RIEN »... ET GARDONS LA POPULACE DANS L'IGNORANCE DE NOTRE DÉCOUVERTE.
QUE CACHEZ-VOUS LÀ-DESSOUS, MAÎTRE ?
UN PEU DE PUDEUR DEVANT LA MORT, QUE DIABLE !
LE SPECTACLE DE CES MACCHABÉES N'EST PAS BON POUR LES YEUX DE CONVALESCENTS, CROYEZ-MOI !
ALORS POURQUOI LES DÉBARQUER AU LAZARET ?...
CE N'EST PAS UN CIMETIÈRE, ICI, C'EST UNE QUARANTAINE !

AAARRGH
SILENCE, MONSTRE !
CETTE CHOSE A LA RAGE, IL FAUT L'ABATTRE !
TU AGRESSES UN ANIMAL MOURANT, IMBÉCILE, C'EST NORMAL QUE SON INSTINCT DE SURVIE PRENNE LE DESSUS !
POSEZ LA CAGE !
GARDE ÇA COMME SI TA VIE EN DÉPENDAIT !

TU N'AS RIEN À CRAINDRE DE MOI...
?!
PERSONNE NE DEVRAIT RESTER SEUL FACE À LA MORT...
L'ÉTRANGE ANIMAL N'EST PLUS DE CE MONDE...

JE VEUX BIEN QU'IL SOIT L'UNIQUE HÉRITIER D'UNE GRANDE LIGNÉE D'APOTHICAIRES, QU'IL CONNAISSE LE SECRET DES PLANTES ET QU'IL SOULAGE LES MOURANTS... MAIS MOI, JE VOIS UN TORDU QUI SE DÉLECTE DE LA SOUFFRANCE D'AUTRUI !
ÇA SERT À RIEN DE T'ÉNERVER, IL EST INTOUCHABLE... IL PRODIGUE DES SOINS EN HAUT LIEU ET IL Y A GAGNÉ LE RARE PRIVILÈGE D'ALLER ET VENIR AU LAZARET COMME BON LUI SEMBLE. EN PLUS, LE MAÎTRE S'EST PRIS D'AFFECTION POUR LUI... ALORS, QUE ÇA TE PLAISE OU NON, 'FAUT FAIRE AVEC !
TOUT DE MÊME, C'EST UNE HONTE D'ACCEPTER UN HOMME DONT LE SEUL BUT N'EST PAS DE GUÉRIR MAIS DE CÔTOYER LA MORT AU PLUS PRÈS POUR SATISFAIRE JE NE SAIS QUELS PENCHANTS MALSAINS... REGARDE-LE, IL NE SE PROTÈGE MÊME PAS !
COUGH ! COUGH !
BLLEEUUURP !!
C'EST PAS VRAI ?!
MOI, J'T'DIS QU'IL PREND SON PIED ET ÇA, ÇA ME DÉGOÛTE !
IL FAUT VOUS LE DIRE EN QUELLE LANGUE ?!

?!!
JE NE LE RÉPÈTE DONC PAS ASSEZ ?
LES GERMES SONT NOS ENNEMIS...
ET L'HYGIÈNE EST NOTRE AMIE !
BRÛLEZ CES VÊTEMENTS ! RALLUMEZ LES ESSENCES ! ET OUVREZ LES FENÊTRES ! FAITES COURANT D'AIR, BON SANG !
ANGELO ?
MAÎTRE ?
VENEZ AVEC MOI, J'AI BESOIN QUE VOUS M'ÉCLAIRIEZ DE VOS LUMIÈRES SUR UN CAS QUI ME LAISSE PERPLEXE, ET POUR TOUT DIRE, QUI M'INQUIÈTE AU PLUS HAUT POINT...
JE NE SAIS PAS SI JE VOUS SERAI D'UN GRAND SECOURS MAIS J'ACCEPTE L'HONNEUR QUE VOUS ME FAITES EN ME DEMANDANT DE VOUS SECONDER.

CHAQUE INDIVIDU ENTRÉ EN CONTACT AVEC LE VAISSEAU FANTÔME DOIT NETTOYER CHAQUE MILLIMÈTRE DE SA PEAU, FAIRE DES ABLUTIONS ET BRÛLER SES VÊTEMENTS...
TOUTES LES PRÉCAUTIONS SANITAIRES ONT ÉTÉ PRISES POUR ÉVITER LA CATASTROPHE...
VENISE NE SE RELÈVERAIT PAS SI ELLE DEVAIT ESSUYER UNE SECONDE CONTAMINATION...
L'INCENDIE DU VAISSEAU FANTÔME VA RENVOYER CE GALION DE MALHEUR PAR LE FOND...
CERTAINS PENSENT QUE C'EST UN DIEU PUNITIF QUI NOUS L'A ENVOYÉE. D'AUTRES Y VOIENT LE SIGNE D'UN DIEU MISÉRICORDIEUX VENU SAUVER NOS ÂMES...
LES TEMPS OBSCURS QUE NOUS TRAVERSONS FONT RECULER LA RAISON AU PROFIT DU SPIRITUEL... CETTE ÉPIDÉMIE, NOUS NE LA VAINCRONS PAS... SUIVEZ-MOI, JE SUIS PRESSÉ DE RECUEILLIR VOTRE AVIS SUR L'ÉNIGME QUE NOUS AVONS EXHUMÉE !

PAS DE POULS, PAS DE RÉACTION OCULAIRE, AUCUN DOUTE LÀ-DESSUS, IL EST BIEN MORT.
AUCUNE TRACE VISIBLE DE BUBONS, NOUS NE POUVONS PAS ENCORE AFFIRMER AVEC CERTITUDE QUE CET ANIM... QUE CET HOMME AIT ÉTÉ VICTIME DU MÊME FLÉAU QUE LE RESTE DE L'ÉQUIPAGE...
HOMME OU ANIMAL, DÉTAILLONS, VOULEZ-VOUS, SES SPÉCIFICITÉS ANATOMIQUES POUR NOUS PERMETTRE D'EN JUGER !
LE SUJET EST TRAPU, AVEC DES MEMBRES COURTS. IL MESURE 2M18 ET SA MUSCULATURE EST PARTICULIÈREMENT DÉVELOPPÉE. SON ÉPIDERME EST PLUS ÉPAIS QU'À L'ACCOUTUMÉE. LE SUJET A DES TRAITS SIMIESQUES, ET LA MORPHOLOGIE D'UN GRAND SINGE.
LE POURTOUR DE SA TÊTE MONTRE POURTANT QUE SA CAPACITÉ CRÂNIENNE EST SUPÉRIEURE À LA NÔTRE...
C'EST UN HOMME DES ORIGINES ?
JE PRÉFÉRERAIS LE TERME D'HOMME NOUVEAU, CAR IL EST BIEN PLUS FORT ET DE BIEN MEILLEURE CONSTITUTION QUE NOUS. IL REPRÉSENTE UNE AVANCÉE DE LA NATURE, PAS UNE RÉGRESSION !
ET JE SUIS CONVAINCU QUE SON ESPÉRANCE DE VIE DÉPASSE GRANDEMENT LA NÔTRE... CELA NE M'ÉTONNERAIT PAS QU'UNE CONSTITUTION COMME LA SIENNE PUISSE TRAVERSER UN SIÈCLE DE LONG EN LONG, SANS MONTRER DE SIGNES OSTENSIBLES DE VIEILLESSE !
VEUILLEZ M'EXCUSER, CONTINUEZ VOTRE EXAMEN, JE VOUS AI INTERROMPU POUR DES CONSIDÉRATIONS QUI NE SONT PAS TRÈS SCIENTIFIQUES...

LES DENTS DE DEVANT SONT PLUS DÉVELOPPÉES QUE LES DENTS JUGALES. ABSENCE TOTALE DE DENTS DE SAGESSE.
LA FORME DE LA MÂCHOIRE ET L'INCURVATION DU PALAIS PROUVENT QU'IL N'EST PAS DOUÉ DE PAROLE. IL EST CERTAINEMENT CAPABLE DE POUSSER DES GROGNEMENTS MAIS LE LANGAGE LUI EST IMPOSSIBLE.
MAINTENANT, PASSONS À L'AUTOPSIE PROPREMENT DITE.
BIEN, JE VAIS MAINTENANT INCISER LA CAGE THORACIQUE AFIN D'OBSERVER LES ORGANES. JE SUIS CURIEUX DE VOIR S'ILS DIFFÈRENT DES NÔTRES...
RRRAAARRRGGGLLHHH !!
MAIS... IL EST VIVANT !!
PAR QUEL MIRACLE ?!
ON S'ACTIVE POUR RECOUDRE LA PLAIE, ON COGITE APRÈS !
C'EST INCROYABLE... INCROYABLE...
AIDEZ-MOI À LE TENIR !
SON COEUR BAT... LA VIE... C'EST LA VIE QUI EST REVENUE !

LE JOURNAL DE BORD...
ALLÉLUIA !
IL ÉTAIT MORT... IL EST RESSUSCITÉ...
NE VOUS AVAIS-JE PAS PRÉVENU ? CETTE DÉCOUVERTE N'A PAS D'ÉQUIVALENT DANS L'HISTOIRE DE L'HUMANITÉ DEPUIS L'AVÈNEMENT DU CHRIST !
ET JE VOUS LAISSE IMAGINER QUELLE SERA LA RÉACTION DU SAINT-SIÈGE QUAND IL APPRENDRA L'EXISTENCE DE CETTE ABOMINATION DE LA NATURE...
IL LE FERA DISPARAÎTRE ET ÉLIMINERA TOUS CEUX QUI L'ONT APPROCHÉ !
EXACTEMENT. MAIS, HEUREUSEMENT, J'AI UN PLAN INFAILLIBLE POUR VOUS ÉVITER LE POIGNARD DANS LE DOS ET POUR QUE TRIOMPHE LA VÉRITÉ !
IL N'Y A PAS DE TEMPS À PERDRE, LA NOUVELLE COURT DÉJÀ... LES HOMMES DE MAIN DES GRANDS INQUISITEURS VONT DÉBARQUER, NOTRE SÉRÉNISSIME DOGE A CRU BON DE NOUS ESPIONNER ET D'EN RÉFÉRER AUX REPRÉSENTANTS DU POUVOIR SPIRITUEL !
JE NE VOUS ABANDONNERAI PAS, VOUS ÊTES AU SEUIL D'UNE DÉCOUVERTE QUI CHANGERA LA FACE DE L'HUMANITÉ... JE VOUS ENVOIE TOUS LES TROIS DANS UNE CACHETTE OÙ PERSONNE NE VIENDRA VOUS CHERCHER...
VOUS POURREZ TRAVAILLER SUR LUI EN TOUTE QUIÉTUDE ET DÉCOUVRIR LE REMÈDE UNIVERSEL...
LA PANACÉE !
IL FAUT CACHER L'HOMME NOUVEAU, SON EXISTENCE CONTREDIT TOUTES LES SAINTES ÉCRITURES, ELLE REMET EN CAUSE LA GENÈSE, LA PLACE DE L'HOMME DANS L'UNIVERS...
... ET L'EXISTENCE MÊME DE DIEU !

MES HOMMES DE CONFIANCE VONT VENIR. RASSEMBLEZ VOS AFFAIRES, VOUS QUITTEZ CES LIEUX À JAMAIS DANS MOINS D'UNE HEURE.
QUANT À MOI, JE DOIS MALHEUREUSEMENT VOUS ABANDONNER, LE DOGE M'A CONVOQUÉ ET JE NE PEUX DÉROGER À SON INVITATION.
POURQUOI NOUS SUBTILISER LE JOURNAL DE BORD DU CAPITAINE DU GALION, LES RENSEIGNEMENTS QU'IL RENFERME NOUS SERAIENT D'UNE GRANDE UTILITÉ !
JE VOUS LE RENDRAI TRÈS BIENTÔT, MON JEUNE AMI. NE SOYEZ PAS INQUIET, IL NE SAURAIT ÊTRE ENTRE DE MEILLEURES MAINS... SI CET EXEMPLAIRE UNIQUE VENAIT À DISPARAÎTRE, LA PERTE SERAIT IRRÉMÉDIABLE !
JE ME PERMETS D'INSISTER !
ANGELO, ÇA SUFFIT ! NOTRE AMI SAIT CE QU'IL A À FAIRE ET IL AGIT POUR LE MIEUX DE NOS INTÉRÊTS !
QUE CHACUN RESTE À SA PLACE. JE M'OCCUPE DE LA POLITIQUE, OCCUPEZ-VOUS DE L'HOMME NOUVEAU !
ANGELO, AIDEZ-MOI À LE LIBÉRER DE CET INSTRUMENT DE TORTURE, IL EST CONVALESCENT, MAINTENANT !
ANGELO ?!

DÈS QUE J'AI SU, JE SUIS VENU À TOI... J'AI ÉTÉ CONFRONTÉ À L'INCROYABLE... L'INCONCEVABLE...
LA MORT N'EST PLUS UN PROCESSUS IRRÉVERSIBLE !
ÉTUDIER CELUI QUI EST REVENU D'ENTRE LES MORTS NE NOUS APPRENDRA RIEN... LE FEU DE L'INTELLIGENCE N'A PAS TOUCHÉ CET ANIMAL... ET JE SAIS PAR EXPÉRIENCE QU'ON NE PEUT TROUVER LE SECRET DE LA VIE DANS L'ÉTUDE DU VIVANT.
NON, L'ÉTERNITÉ EST AILLEURS, QUELQUE PART SUR CETTE TERRE, DANS LE LIEU D'OÙ IL VIENT. CE LIEU EST CONSIGNÉ DANS UN DOCUMENT DÉTENU PAR LE CHANCELIER DES SECRETS.
OÙ DOIS-JE CHERCHER ? PAR OÙ COMMENCER ? N'EST-IL PAS, PAR DÉFINITION, L'HOMME LE PLUS APTE À CONSERVER UN SECRET ?
INSPIRE-MOI, COMME TU L'AS DÉJÀ FAIT MAINTES FOIS...
« SI CET EXEMPLAIRE UNIQUE VENAIT À DISPARAÎTRE, LA PERTE SERAIT IRRÉMÉDIABLE ! »
LES MOINES COPISTES, MAIS C'EST BIEN SÛR !
MERCI, MA BIEN-AIMÉE... VOUS M'AVEZ BIEN INSPIRÉ...
ENTREZ, CHANCELIER DES SECRETS, JE VOUS ATTENDAIS ! ET VOUS AUTRES, LAISSEZ-NOUS...
... SEULS !

CE N'EST PAS TRÈS PRUDENT, SÉRÉNISSIME, NOUS DEVONS VEILLER SUR VOUS CONSTAMMENT...
AVEC OU SANS VOUS, JE MEURS DE TOUTE FAÇON...
JE VOUS DIS DE SORTIR D'ICI ! INCAPABLES ! CHARLATANS !
COUGH COUGH
MAÎTRE PELLIGRINI AURAIT PU S'OCCUPER DE VOUS. AVEC LUI, VOUS N'AURIEZ JAMAIS CONTRACTÉ LA PESTE !
JE NE LAISSERAI PAS MA VIE ENTRE LES MAINS D'UN JUIF ! IL EST VOTRE PROTÉGÉ ET LE PEUPLE VOIT EN LUI LE SAUVEUR DE VENISE... MAIS SA PLACE EST AVEC LES SIENS DANS LE QUARTIER DU GHETTO !
LA VOX POPULI EST LA VOIX DE LA SAGESSE, LE DOGE DOIT L'ÉCOUTER ET S'Y PLIER...
LA VOX POPULI EST VERSATILE... NE M'ENTERREZ PAS, J'AI ENCORE LES MOYENS DE RETOURNER L'OPINION ET D'EMPORTER L'ADHÉSION DU PEUPLE !
LE FLÉAU QUI ME RONGE M'A OUVERT LES YEUX...
L'AVENIR EST À L'APAISEMENT DE NOS RELATIONS AVEC LE SAINT-SIÈGE. JE ME SUIS RAPPROCHÉ DES TROIS INQUISITEURS, DERNIERS REPRÉSENTANTS DU POUVOIR PAPAL DANS LA CITÉ ASSIÉGÉE. JE VEUX RACHETER MON ÂME, RACHETER VENISE AUPRÈS DU PAPE URBAIN LE HUITIÈME.
JE SAIS TOUT DE VOTRE DÉCOUVERTE. LES INITIATIVES QUE VOUS PRENEZ SONT INADMISSIBLES, ELLES PROVOQUERONT LE COURROUX DE ROME ET ENTAMERONT ENCORE PLUS PROFONDÉMENT LA BROUILLE QUI NOUS OPPOSE. CELA DOIT CESSER.
VENISE DOIT RENTRER DANS LE RANG SI ELLE VEUT SUBSISTER. COMBIEN D'ÉPIDÉMIES, COMBIEN DE MORTS VOUS FAUDRA-T-IL AVANT DE VOUS RÉSOUDRE À L'ÉVIDENCE ?
VOUS LIVREREZ L'HOMME NOUVEAU AUX AUTORITÉS RELIGIEUSES. DE GRÉ OU DE FORCE.

JE NE PEUX ACCÉDER À VOTRE REQUÊTE. L'HOMME NOUVEAU EST UN CADEAU DE LA PROVIDENCE. IL EST L'ANTIDOTE CONTRE LA PESTE.
LA PESTE EST UN CHÂTIMENT DIVIN. PERSONNE NE PEUT S'OPPOSER À LA VOLONTÉ DIVINE !
L'APPROCHE DE LA MORT VOUS A-T-ELLE RENDU AMNÉSIQUE SUR NOS VELLÉITÉS D'INDÉPENDANCE ? N'AVEZ-VOUS PAS DÉFENDU LA FORCE D'UNE RÉPUBLIQUE LAÏQUE, DÉMARQUÉE DE LA TERREUR ET DES LOURDS IMPÔTS IMPOSÉS PAR LE SAINT-SIÈGE ?
SUR L'ÉCHIQUIER DU POUVOIR, L'HOMME NOUVEAU EST UNE PIÈCE MAJEURE. LA LAÏCISATION DE L'EUROPE EST LA CLÉ DE VOÛTE SUR LAQUELLE VENISE RECONSTRUIRA SON EMPIRE. NOUS DÉMONTRERONS QUE LA GENÈSE N'EST QUE PURE INVENTION ET LE MONDE SE RALLIERA À NOTRE MODE DE PENSÉE !
DOIS-JE COMPRENDRE QUE VOUS NE ME DONNEREZ PAS NON PLUS LE JOURNAL DE BORD QUE VOUS AVEZ SUBTILISÉ ?
MAIS JE N'AI RIEN À VOUS CACHER, JE VOUS LE FOURNIRAI APRÈS L'AVOIR ÉTUDIÉ.
ASSEZ, J'EN AI ASSEZ DE VOS MANIGANCES ! VOUS N'ÊTES PAS INTOUCHABLE ET JE N'AI PAS ENCORE TRÉPASSÉ. LE PEUPLE A FAIM, LE PEUPLE SE MEURT, CE SERA FACILE DE RETOURNER L'OPINION CONTRE VOS PROTÉGÉS.
ET CONTRE VOUS !
ALORS, NOUS N'AVONS PLUS RIEN À NOUS DIRE.
COUGH COUGH
JE METTRAI SUR LE COMPTE DU DÉLIRE D'UN MOURANT CE QUE J'AI ENTENDU. BIENTÔT, VOTRE SIÈGE SERA VIDE ET JE SUIS LE MIEUX PLACÉ POUR VOUS SUCCÉDER. ALORS, JE SERAI LIBRE DE REBÂTIR VENISE ET DE RÉTABLIR SA SPLENDEUR COMME JE L'ENTENDS !

IVRE...
UNE CARTE !
PAR LE DIABLE !...
LE CHANCELIER DES SECRETS L'A FAITE RECOPIER EN Y INSÉRANT DES ERREURS. IL DESTINAIT LES DEUX EXEMPLAIRES MENSONGERS AU DOGE ET AU MAÎTRE. QUANT À L'ORIGINAL, IL SE LE RÉSERVAIT.
JE SUIS DÉSORMAIS LE SEUL À DÉTENIR LA VÉRITÉ SUR LE PÉRIPLE DU VAISSEAU FANTÔME...

AINSI, LE VOILE DE MYSTÈRE QUI ENTOURE CET HOMME NOUVEAU S'ÉCLAIRCIT UN PEU...
LE GALION BATTANT PAVILLON DANOIS NAVIGUAIT EN DIRECTION DES ROUTES MARITIMES DU SUD. À EN CROIRE LE COMPTE RENDU DU CAPITAINE, UN ORAGE D'UNE VIOLENCE INOUÏE LE FIT DÉVIER DE SON CAP TRÈS HAUT VERS LE NORD.
DANS CES EAUX INEXPLORÉES, IL CROISE UN MISÉRABLE FÉTU DE PAILLE PAR DELÀ LA MER D'ISLANDE, PRÈS D'UNE ÎLE TRÈS AU NORD, AVANT LA TERRE-VERTE.
UN CURIEUX NAUFRAGÉ, MI-HOMME MI-ANIMAL, EST ALORS RECUEILLI À BORD. MALGRÉ LES PROTESTATIONS DE L'ÉQUIPAGE, LE CAPITAINE DÉCIDE DE JOINDRE CETTE CAPTURE AUX PRÉSENTS DESTINÉS AU SULTAN TURC. CHASSEUR DE FAUVES PASSIONNÉ, IL APPRÉCIERA CERTAINEMENT UNE TELLE PRISE.
DANS LA GUERRE COMMERCIALE QUI OPPOSE LES GRANDES PUISSANCES D'EUROPE À L'EMPIRE OTTOMAN, LA ROYAUTÉ DANOISE VEUT TIRER SON ÉPINGLE DU JEU EN GAGNANT L'AMITIÉ DU SULTAN TURC. CETTE EXPÉDITION A ÉTÉ MONTÉE DANS CET UNIQUE BUT DIPLOMATIQUE.
« ENFERMEZ-LE DANS LA CALE ET REMETTEZ-LE D'APLOMB ! » AINSI S'EXPRIMERA LE CAPITAINE POUR FAIRE TAIRE LES RÉFRACTAIRES.
JOUR APRÈS JOUR, ALORS QUE LE GALION VOGUE TOUTES VOILES DEHORS VERS SA DESTINATION, CELUI QUE NOUS APPELLERONS PLUS TARD L'HOMME NOUVEAU RETROUVE LENTEMENT SES FORCES.

DES SOLDATS EN NOMBRE, UN PAVILLON ÉTRANGER ET UNE LIGNE DE FLOTTAISON HAUTE, IL N'EN FAUT PAS DAVANTAGE POUR ATTIRER LES UZOKS, PIRATES SANS PITIÉ DES MERS DU SUD.
LONGTEMPS, L'ISSUE DES COMBATS DEMEURE INCERTAINE MAIS LES DANOIS SE BATTENT VAILLAMMENT CONTRE LES ASSAILLANTS ET RÉUSSISSENT À LES REPOUSSER.
CRUELLE VICTOIRE QU'EST LA LEUR : LA MOITIÉ DE L'ÉQUIPAGE A PÉRI, UN AUTRE TIERS EST BLESSÉ ET LES PIRATES SURVIVANTS ONT PROFITÉ DE LA CONFUSION DE LA BATAILLE POUR SUBTILISER LEURS TRÉSORS.
LE SORT SEMBLE S'ACHARNER CONTRE EUX, LES SOLDATS BLESSÉS COMMENCENT À SUCCOMBER LES UNS APRÈS LES AUTRES, SUR LE CORPS DES AGONISANTS APPARAISSENT D'ÉNORMES BUBONS NOIRS. BIENTÔT, LES HOMMES VALIDES SUBISSENT AUSSI LE MÊME SORT ; LA PESTE NOIRE, LES PIRATES LEUR ONT TRANSMIS LA PESTE NOIRE !
DEVANT L'HÉCATOMBE ET LE FIASCO DE L'EXPÉDITION, LE CAPITAINE PERD SON SANG-FROID. IL S'ENFERME À DOUBLE TOUR DANS SA CABINE, NE RÉPONDANT À AUCUNE SOLLICITATION, ENTRETENANT LE FOL ESPOIR QUE LE FLÉAU L'ÉPARGNE. LES DERNIÈRES PAGES INSCRITES DANS SON JOURNAL SONT ILLISIBLES, IL AVAIT PERDU LA RAISON.
LUI NON PLUS NE SURVIVRA PAS... AUCUN MEMBRE DE L'ÉQUIPAGE NE SURVIVRA...
LE GALION ABANDONNÉ DEVIENDRA UN VAISSEAU FANTÔME ET VOGUERA AU GRÉ DES MARÉES, JUSQU'À LA LAGUNE.
LE RESTE DE L'HISTOIRE, JE LE CONNAIS...
MON AIMÉE, LE VOYAGE QUI NOUS ATTEND SERA LONG, SEMÉ D'EMBÛCHES, MAIS TU M'ACCOMPAGNERAS JUSQU'AU BOUT. AUX QUESTIONS QUI BRÛLENT MES LÈVRES, JE N'AI PAS UNE ONCE DE RÉPONSE...
CAR LA RÉPONSE QUE J'ATTENDS EST AU BOUT DE CE VOYAGE.

POUAH ! QU'EST-CE QUE VOUS AVEZ MIS, LÀ-DEDANS ?
NOUS N'EN CONNAISSONS PAS PRÉCISÉMENT LA COMPOSITION... CETTE CONCOCTION A ÉTÉ PRÉPARÉE POUR VOUS PAR LE JEUNE APOTHICAIRE DONT VOUS APPRÉCIEZ TANT LES TALENTS !
ASSASSINS ! L'APOTHICAIRE EST À LA BOTTE DU CHANCELIER DES SECRETS, MA MORT LUI SERAIT PLUS PROFITABLE QUE MA VIE ! FAITES-MOI VOMIR !
SÉRÉNISSIME, NE FAITES PAS L'ENFANT. CE N'EST PAS DU POISON, VOTRE GOÛTEUR SE PORTE COMME UN CHARME.
J'ÉTAIS DANS SON ÉCHOPPE QUAND IL L'A PRÉPARÉE, CETTE POTION NE CONTIENT QUE DES INGRÉDIENTS NATURELS. FEUILLES DE RONCES, GRAINES DE MOUTARDE, BON VINAIGRE ET SANG DE POURCEAU. QUE DU NATUREL !
SI VOUS REFUSEZ DE BOIRE, NOUS OPTERONS POUR UNE REVIGORANTE SAIGNÉE QUI SERA TOUTE AUSSI EFFICACE !
CHIRURGIENS, QUITTEZ LA PIÈCE IMMÉDIATEMENT, NOUS AVONS À NOUS ENTRETENIR AVEC LE DOGE !
ILS SONT INTROUVABLES !
NOS HOMMES DE MAIN ONT RETOURNÉ TOUS LES BÂTIMENTS DU LAZARET MAIS ILS SONT RENTRÉS BREDOUILLES. LE LABORATOIRE DE PELLIGRINI A ÉTÉ VIDÉ, TOUT A ÉTÉ DÉMÉNAGÉ. ET PERSONNE NE LES A VUS, ILS ONT DISPARU SANS LAISSER DE TRACE !
CETTE DISPARITION EST SIGNÉE. LE CHANCELIER DES SECRETS JOUE ENFIN À JEU DÉCOUVERT...
CE TRAITRE SE CROIT INTOUCHABLE, IL SOUS-ESTIME L'INFLUENCE DU POUVOIR DUCAL SUR LA CITÉ... BIENTÔT, IL N'Y AURA PAS UN VÉNITIEN QUI ACCEPTERA DE LES CACHER, SES PROTÉGÉS ET LUI !
J'EXPIRERAI MON DERNIER SOUFFLE QUAND J'AURAI LA CERTITUDE QUE GIACCOBE PELLIGRINI NE ME SURVIVRA PAS.

C'EST TOUJOURS NOUS QUI SOMMES DÉSIGNÉS POUR FAIRE LES BASSES CORVÉES...
« UN JOUR T'ES LE ROI, UN JOUR T'ES L'ESCLAVE », DIT L'ADAGE. LA ROUE TOURNE POUR CHACUN, PARAIT-IL...
MAIS LA NÔTRE, ELLE RESTE COINCÉE DANS SON ORNIÈRE !
TU TE DÉPÊCHES UN PEU, OUI ?! J'AI LA NETTE IMPRESSION DE FAIRE TOUT LE TRAVAIL PENDANT QUE TOI TU BAILLES AUX CORNEILLES !
C'EST PAS DE MA FAUTE SI JE ME TRAINE... MON BEAU-FRÈRE A ENCORE PARLÉ TOUTE LA NUIT, JE N'AI PAS PU FERMER L'OEIL. JE SUIS MORT DE FATIGUE !
IL A BON DOS, TON BEAU-FRÈRE !
N'APPROCHEZ PAS DE CES FUGITIFS, ILS SONT DANGEREUX
L'ANIMAL QUI LES ACCOMPAGNE EST PORTEUR D'UN FLEAU PLUS MEURTRIER ENCORE QUE LA PESTE
SI VOUS LES APERCEVEZ, PRÉVENEZ D'URGENCE LES AUTORITÉS
DE VOTRE VIGILANCE DEPEND NOTRE SURVIE A TOUS

LES FUGITIFS ! CE SONT EUX, ATTRAPEZ-LES !
GARDES ! SUS AUX FUYARDS !
AUX CANONS, VITE !

BAOM
BAOM
CES 3 BOUGRES DE COMÉDIENS AVAIENT DU TALENT... JE NE SUIS PAS MÉCONTENT DE MON STRATAGÈME, IL A FONCTIONNÉ À MERVEILLE...
SÉRÉNISSIME NICOLO CONTARINI, C'EST UNE BIEN BELLE COULEUVRE QUE JE TE FAIS AVALER !

LA DÉCISION DU DÉPART ÉTANT PRISE, JE DEVAIS TROUVER UN MOYEN POUR PASSER À TRAVERS LES MAILLES DU FILET TENDU PAR L'INQUISITION TOUT AUTOUR DE VENISE.
JE PRENAIS UN RISQUE EN ENTRANT ICI, LES LECTEURS SONT PLUTÔT RARES EN PÉRIODE DE PESTE. DIFFICILE DE PASSER INAPERÇU SANS ÉVEILLER DE SOUPÇON DANS CES CONDITIONS !
SE FAIRE DISCRET, DEVENIR INVISIBLE, TEL EST DÉSORMAIS POUR MOI LE NERF DE LA GUERRE. LA SOLUTION À MON PROBLÈME SE TROUVE PARMI CES LIVRES, DANS LA MASSE DE SAVOIR LAISSÉE PAR NOS GRANDS STRATÈGES MILITAIRES.
DE RE MILITARI
EURÊKA ! VOILÀ CE QU'IL ME FAUT !
LA FORTUNE NOUS SOURIT ENFIN, MON AMOUR ! J'AI TROUVÉ DANS LES ÉCRITS DE L'INGÉNIEUR VALTURIO LE MOYEN DE QUITTER NOTRE PRISON ET J'AI DÉNICHÉ À L'ARSENAL LA MATIÈRE PREMIÈRE IDÉALE POUR LE RÉALISER.
ENCORE UN PEU DE PATIENCE... DE L'HUILE DE COUDE ET QUELQUES HEURES DE LABEUR ASSURERONT NOTRE ÉVASION.
ALORS NOUS SERONS LIBRES DE REJOINDRE LES TERRES INEXPLORÉES PAR-DELÀ LES MERS DU NORD, OÙ TU TE RÉVEILLERAS DE TON TROP LONG SOMMEIL.

LA PANACÉE !
LA QUÊTE D'UNE VIE ! ENFIN, J'Y SUIS PARVENU !
J'AI DÉCOUVERT LE REMÈDE UNIVERSEL !
LE CHANCELIER DES SECRETS M'A ASSURÉ QUE J'ÉTAIS EN SÛRETÉ, QUE PERSONNE NE VIENDRAIT ME CHERCHER DANS LE GHETTO. MAIS À VENISE, LES MURS ONT DES OREILLES, JE FERAIS MIEUX D'AVOIR LA VICTOIRE PLUS MODESTE...
CE MIRACLE, JE TE LE DOIS, HOMME NOUVEAU ! GRÂCE AU PRÉLÈVEMENT QUE J'AI EFFECTUÉ SUR TOI !
TU ES L'HOMME DES ORIGINES ET, À TON CONTACT, LA PESTE QUI T'AVAIT CONTAMINÉ EST REVENUE À SA PLUS SIMPLE EXPRESSION. TA CHAIR ET TON SANG SONT LE BERCEAU ORIGINEL DE TOUTES LES MALADIES, DE TOUTES LES GUÉRISONS... TU PORTES EN TOI L'ANTIDOTE À TOUS LES FLÉAUX !
TE RENDS-TU COMPTE DE CE QUE CELA SIGNIFIE ?! L'IMMORTALITÉ, LA PROVIDENCE NOUS A OFFERT, NI PLUS NI MOINS, L'IMMORTALITÉ !

DANS MES BRAS, SAUVEUR DE L'HUMANITÉ !
PAS GRAVE, J'AVAIS NOTÉ LA RECETTE !
AH AH AH
GUH GUH

TU PEUX ME FAIRE CONFIANCE, ALLEZ, PARLE ! DIS-MOI QUI C'EST, JE SERAI UNE TOMBE ! JE SUIS TON AMI DEPUIS SI LONGTEMPS, ON A FAIT LES 400 COUPS ENSEMBLE, SOIS PAS UN RAT !
N'INSISTE PAS, JE NE BRISERAI PAS LE SECRET DE LA DÉLATION !
AH, JE SAIS ! TON BEAU-FRÈRE, C'EST TON BEAU-FRÈRE QUE TU VAS DÉNONCER !
TU NE DIRAS RIEN ?
UNE TOMBE, J'TE DIS !
PROMIS-JURÉ ?
PROMIS-JURÉ !
IL A REMIS ÇA LA NUIT DERNIÈRE ET IL A DÉBALLÉ TOUT CE QU'IL SAIT : LES FUGITIFS NE SONT PAS MORTS, LA SECRÈTE LES CACHE EN PLEIN COEUR DU GHETTO !
QU'EN PENSES-TU, MA BIEN-AIMÉE ? CE N'EST PAS RIGOUREUSEMENT FIDÈLE AUX PLANS DE L'INGÉNIEUR VALTURIO, MAIS IL EST FONCTIONNEL... C'EST LE PRINCIPAL, NON ?!
N'ATTENDONS PAS PLUS LONGTEMPS, CETTE NUIT, NOUS APPAREILLONS !

JE SAIS QUE C'EST DÉSAGRÉABLE, MAIS C'EST NÉCESSAIRE...
J'AI BESOIN DU MAXIMUM D'ÉCHANTILLONS POUR RÉALISER LE MAXIMUM D'ANTIDOTES. TON FLUX VITAL RENFERME L'INGRÉDIENT INDISPENSABLE À LA PANACÉE, SANS LEQUEL MA CHIMIE SERAIT TOTALEMENT INEFFICACE.
TU ES DÉNUÉ DE PAROLE POURTANT TU COMPRENDS CE QUE JE DIS, JE LE VOIS DANS TES YEUX...
IL TE FAUT UN NOM, MÊME LES ANIMAUX DOMESTIQUES ONT UN NOM. ET TOI, TU ES UNE PERSONNE À PART ENTIÈRE, PAS UNE BÊTE SANS CERVELLE ET SANS ÉMOTION !
REMPLACER LES FIOLES. CETTE NOUVELLE PANACÉE, CONCOCTÉE PAR MES PROPRES SOINS, SERA PLUS INDIQUÉE POUR GUÉRIR CERTAINS MAUX.
TU ES VENU À MOI JUSQU'AU LAZARET ET CE NOM ÉVOQUE LE SAINT-PATRON DES LÉPREUX ET DES PESTIFÉRÉS... CE MOT EST D'ORIGINE HÉBRAÏQUE, IL SIGNIFIE «DIEU A AIDÉ». C'EST TOUT INDIQUÉ !
LAZARO... LAZAR... LAZARUS ! LAZARUS, OUI, ÇA SONNE BIEN !
ÇA TE PLAIT ? ALORS, ADJUGÉ ! HOMME NOUVEAU, À PARTIR DE CE JOUR TU PRENDS LE NOM DE LAZARUS !
MESSIRE LAZARUS, SOIS LE BIENVENU PARMI NOUS !

À LA UNE... À LA DEUX... À LA TROIS !
BLAAM
RESTE TRANQUILLE, LAZARUS, J'EN AI ASSEZ DE FUIR ET DE VIVRE DANS L'OMBRE ! NOTRE DÉCOUVERTE DOIT ÊTRE CONNUE DE TOUS !
UN PEU PLUS TARD.
ELLE VIENT, CETTE INJECTION ?
JE LA PUISE À LA SOURCE, LE GOUTTE-À-GOUTTE VIENT JUSTE DE SE TERMINER.
ALORS, PELLIGRINI ÇA FAIT QUEL EFFET DE DEVENIR SON PROPRE COBAYE ?!
THHHH... THHHH... THHHEU !...
JE SAIS, CE N'ÉTAIT PAS TRÈS CHARITABLE DE VOUS CONTRAINDRE À AVALER DE LA VIANDE CONTAMINÉE, MAIS IL FAUT BIEN VÉRIFIER L'EXCELLENCE DE VOTRE MÉDECINE... JE SUIS SÛR QUE VOUS COMPRENEZ QUE LA SURVIE DU SÉRÉNISSIME NÉCESSITE DE TELS RISQUES...
ET CETTE PIQÛRE, C'EST POUR AUJOURD'HUI OU DEMAIN ?!
ME VOILÀ, C'EST PRÊT !
ÇA FAIT EFFET, LES BUBONS SE RÉSORBENT !
VENISE EST DONC SAUVÉE !
COURS AU PALAIS DUCAL AVEC LE REMÈDE ET RESSUSCITE LE PREMIER CITOYEN !
C'EST COMME SI C'ÉTAIT FAIT !

QUELLE POISSE !
ÇA NE SERT À RIEN, L'HÉLICE NE RÉPOND PLUS, JE PÉDALE DANS LE VIDE !
VOILÀ OÙ ÇA MÈNE QUAND UN SIMPLE APOTHICAIRE S'IMPROVISE CONSTRUCTEUR NAVAL !
JE SUIS DÉSOLÉ, J'AI PÉCHÉ PAR EXCÈS D'ORGUEIL... ET UN MALHEUR N'ARRIVANT JAMAIS SEUL, NOTRE VAISSEAU N'EST PAS TOTALEMENT ÉTANCHE, CETTE VOIE D'EAU NE NOUS LAISSE QUE QUELQUES HEURES DE SURSIS...
SI JE LÂCHE LE LEST, ON REMONTERA COMME UNE FLEUR DIRECTEMENT SOUS LE NEZ DE L'INQUISITION !
SE RENDRE OU MOURIR, TEL EST LE DILEMME... TU AS RAISON, JE M'EN REMETS À TOI, PLUTÔT MOURIR QUE DE SE RENDRE !

EH OUI, VOUS NE RÊVEZ PAS, ILS LÈVENT L'EMBARGO POUR NOUS LAISSER PASSER !
OÙ EST LAZARUS ?
EXCELLENT, VOUS L'AVEZ MÊME BAPTISÉ ! COMME C'EST TOUCHANT !
L'AFFECTION QUE VOUS LUI PORTEZ ME SERA D'UNE AIDE PRÉCIEUSE !
QU'EST-CE QUI M'A MIS DANS CET ÉTAT ? POURQUOI NAVIGUE-T-ON DANS LE BUCENTAURE DU DOGE ? OÙ NOUS EMMENEZ-VOUS ?
ÇA FAIT BEAUCOUP DE QUESTIONS... NE VOUS FATIGUEZ PAS, JE VOUS SOULAGE ET JE VOUS RÉPONDS.
VOUS ÊTES MALADE. L'EFFET DE VOTRE REMÈDE S'EST RÉSORBÉ ET LA PESTE EST TOUJOURS LÀ.
JE DOIS VOUS RÉINJECTER UNE DOSE DE VOTRE PANACÉE. ÇA NE TUE PAS LE FLÉAU, MAIS ÇA LE REPOUSSE DANS DES PROPORTIONS SUPPORTABLES.
J'AI ÉCHOUÉ.
À MOITIÉ SEULEMENT. VOYEZ LE POSITIF, ELLE VOUS MAINTIENT EN VIE !

LE DOGE N'AURA PAS CETTE CHANCE, IL SUCCOMBERA DANS L'HEURE. CE N'EST PAS UNE PRÉDICTION, C'EST UNE CERTITUDE. ET JE SERAI NOMMÉ À SA PLACE MAIS CE N'EST PAS UNE FIN EN SOI, JE VOIS BIEN PLUS LOIN.
MA PROPRE PERSONNE N'EST RIEN, JE DÉFENDS DE BIEN PLUS HAUTS DESSEINS. J'AGIS DANS L'INTÉRÊT DE VENISE, POUR SA SUPRÉMATIE. JE N'AI PAS LE TEMPS DE VOUS CONVAINCRE, MAIS VOUS SEREZ BIENTÔT TOUT ACQUIS À CETTE NOBLE CAUSE.
OÙ DIABLE ALLONS-NOUS ?
À ROME, PROUVER AU PAPE ET AU RESTE DU MONDE QUE LA GENÈSE N'EST QU'UNE VASTE IMPOSTURE !
ILS S'ÉCARTENT...
C'EST INESPÉRÉ, PROFITONS-EN, C'EST NOTRE CHANCE !
JE LÂCHE DU LEST, ON REMONTE À LA SURFACE !
LE SORT SE JOUE DE NOUS, MAIS L'ISSUE EST HEUREUSE...
SI JE CROYAIS EN DIEU, JE DIRAIS QU'IL EST AVEC NOUS. LE TEMPS EST MAUVAIS, LA BRUME ET LA HOULE NOUS COUVRIRONT ; ET LE COURANT NOUS FERA DÉRIVER JUSQU'AU LARGE...
DANS UNE HEURE TOUT AU PLUS, NOUS POSERONS ENFIN LES PIEDS SUR LA TERRE FERME.
HORREUR ! PELLEGRINI NOUS A TROMPÉS, SA PANACÉE EST UN POISON !
CE N'EST PLUS LA PEINE DE S'ACHARNER, LE SÉRÉNISSIME N'EST PLUS DE CE MONDE !
SUITE ET FIN DANS LE TOME 2.